句集　保健室登校

福本啓介

文學の森

句集　保健室登校＊目次

装丁　水崎真奈美

句集

保健室登校

吃音のあとの静寂《しじま》に小鳥来る

雪降り積む緘黙の子の頷いて

囀りのごとひとり言自閉の子

鳴く亀のこゑ聞いてゐる自閉の子

保健室登校九月一日も

秋澄んで別室登校けふもまた

桜しべ降る中夕方登校す

泣かされて帰る畦道曼珠沙華

ふらここに座りて見上ぐ空の青

塾さぼりベンチにひとり夕桜

遠巻きに君は行く春見てゐたり

おむつ干すヤングケアラー秋の昼

十《と》歳《お》にして介護疲れの君の夏

月朧抱きしめられてゐたりけり

起立性調節障害梅雨曇

晴れた日は五月雨登校する日なり

梅雨晴間放課後登校廊下まで

木の実降る中を図書室登校す

十代といふ闇にゐて涼しさよ

マスク取り自分確かむ便所飯

目見開き内なる冬を見つめをり

昼月と共に過ごせり保健室

保健室にて聞いてをり卒業歌

ゲームして一日過ごす卒業日

雪のやうに消えたいと君引きこもる

引きこもり君蛤となりゐたり

芒原涙溢れてしまひけり

引きこもり部屋窓開け放ち入学す

バスに乗る通級の子ら冬の虹

寄り添うて春風の中母子登校

手を繋いできたのは君から花菜畠

オンライン登校さぼり日向ぼこ

夏に入る君リスカ痕隠さずに

西日中見つめてゐたりリスカ痕

秋思ありリストカットの傷痕に

雪が降る君リスカ痕また増えて

小春日に心ぬくもるすこしづつ

小春日の昨日に我を置いて来し

もう一人の君と出会ひし涼しさよ

解離性同一性障害　五句

また違ふ君現れし涼しさよ

たくさんの君と出会ひし涼しさよ

たくさんの君と別れし涼しさよ

また君に戻りてゐたる涼しさよ

トランスジェンダー　三句

春著着て君は男になりたいと

神輿練る君は女になりたいと

雪を待つトランスジェンダーなる君と

童貞聖マリア無原罪の御孕りの祝日
君はＬＧＢＴＱ＋の＋

拒食なる君も見てをり望の月

月冴ゆる拒食なる君そばに来て

解離性健忘　三句

雪降り積む記憶喪失始まりて

記憶まだ無きまま年の明けにけり

さくら咲き記憶喪失終はりけり

不登校家庭訪問霾晦

親ガチャにハズれたと君汗拭ふ

蚯蚓鳴き君毒親の毒語る

六畳一間七人暮らし秋深む

昼夜逆転短夜も長き夜も

一ばかり並ぶ通知薄雪が降る

春を待つ長欠の子とその母と

四月来る長欠の子の机にも

保健室登校　畢

あとがき

よくイジメられた。よく泣かされた。
そして、よく保健室に行った。

生まれつき左右の体の大きさが違った。随分後になってから知ったことだが、産まれた当初、両親は自分のことを、長くは生きられないと思ったそうだ。大学病院で精密検査をしたところ、身体に特に異常はなく、所謂普通の子と同じように育ててよい、ということになった。そんな自分のことを父も母も姉も兄も大層可愛がってくれた。物心つくまで自分にそんなことがあるとは思いも寄らず、育った。左右の体の大きさが違うことで最も困ること、それは足の長さと大きさの違いだ。右足が短い自分は自ずと右足を引きずって歩くことになった。今はごまかしごまかし履いているが、私が子どもの頃、両親は私のために靴を二足買い、大きい左足、小さい右足それぞれに靴をあてがってくれた。感謝の言葉しかない。

足を引きずって歩く、走る。そして運動全般が苦手な私は、時にイジメの標的になった。

イジメられ、泣かされたときの避難所となったのは保健室だった。ただ昭和四十年代の小学校に、今のような特別支援の体制などなく、保健室登校などあるはずもなかった。イジメられ泣かされる度に保健室に行き、イジメた子が下校するまで、ただ保健室にいる……。けれども、その時間は決して辛いものではなかった。晴れた日は保健室のそばの木々にやって来る小鳥の声に耳を澄まし、雲の動きに目を遣る。昼月が出ているときは月の観察をした。雨の日は雨音に耳を傾け、保健室で飼っていた金魚の動きをくまなく追う。いつの間にか、ひとり言の多い子どもになっていた。

高校生になった。
国語の授業で横光利一の「蠅」を習った。

物語の最後、崖の上に差し掛かった馬車が崖から転落する。それを尻目に、馬車に止まっていた一匹の蠅が悠々とその馬車から飛び上がるという話だが、当てられるのがたまたま自分の順番になった時、教師は私に、「この蠅は何だ?」と質問した。私はつい口をすべらせてしまった。

「この事件は、すべて、この蠅がやったことです」

「蠅がすべてを仕組んでやったのか?」

「はい、そうです」

教室は大爆笑に包まれた。ただ自分はその時、本当にそう思ったし、同じ質問をされれば、今でも同じ答えをする。

俳句を始めた。

二十代後半のことである。

師となる人物を探した。その人は、こんなことを言う人だった。

「俳人は神仏を信じなくてもいいが、『虚』を信じなければ駄目だ。でないと巨きな世界が詠めない。今の俳人は最も大事な『虚』が詠めなくなった」

「私はひとりの人間として句を詠んでいる。俳句だけが上手くなっても仕方がないんだ。何よりも人生が大事なんだ」

「俳句はなーんも難しくない。ただ向こうからもらってくればいい」

　この人を師と決め、句作を始めた。森澄雄先生である。


　定時制高校の教員になった。

　四十代半ばのことである。


　高校の教員になってから数多くの生徒たちに出会ってきたが、定時制高校の生徒たちは、ひと味もふた味も違っていた。十代半ばだというのに、多くの生徒たちは、生きることに疲れ、傷付いていた。それでも前を向こうとしていた。不登校経験のある生徒はもちろん、志半ばで退学した生徒は数知れず……。

　この句集の句の多くは、彼ら彼女らとのやり取りの中から生まれたものだ。実際の情景もあれば、彼ら彼女らの経験談からのものもある。たわいない世間話をしている際の言葉のやりとりもあれば、涙ながらに訴えてきた光景もある。

また、保護者の方々とのやり取りの中で伝え聞いたものもたくさんある。自分自身の経験や体験から生まれた句もあるが、文字通り〝向こうからもらってきた〟ものばかりだ。

皺くちゃの退学願受け取りぬ夏日溢るる教室の午後　　啓介

この歌は俳句に仕立てようとしたが、どうしても俳句にならず、歌人の方には失礼な言い方になるが、仕方なく歌にして詠んだ。たくさんの人からお誉めの言葉をいただいた歌であるが、俳句実作者として、まだまだ未熟な自分を痛感させられた。師森澄雄の背中は遙かに遠い。

句集上梓にあたり大勢の人のお世話になった。「文學の森」の荒中夏樹さんは、わずか六十句の句集上梓の後押しをしてくれ、上梓までの伴走者となってくれた。編集・校正は同じ「文學の森」の齋藤春美さんにお世話になった。水崎真奈美さんには句集にぴったりな装丁に仕上げていただいた。また、わずか三十八句の句集『大花野』を上梓された、同じ俳句結社「梓」同人の小山正見さんには、句の数が少ない句集を上梓する心得を教えていただいた。ガラス造形作家の的場優さんには、ガラス造形の立場から多くのアドバイスをもらった。

そして、何よりも「梓」代表の上野一孝氏は、私を俳句の道へと導いてくれた恩人であり、俳句を作り始めた当初から今日に至るまで、私の俳句の最も良き理解者であり、助言者である。上野氏には心から感謝の意を表したい。

最後に、初めて出会ったその日から今まで私を支え続けてくれた妻に、そして三人の娘とその夫、孫たち、愛猫たちにも感謝の意を評したい。

「みんながいてくれるから、自分は豊かな人生を
送ることができてるよ。ありがとう」

小春日和の佳き日に

福本啓介

辛い経験を余儀なくされた子どもたち、生徒たち、
保護者の方たちの幸せを心から願いつつ

著者略歴

福本啓介（ふくもと・けいすけ）

1961年広島県尾道市生まれ
元「杉」同人、森澄雄主宰に師事
現在「梓」（上野一孝代表）同人

e-mail　love11amour@yahoo.co.jp

句集　保健室登校《ほけんしつとうこう》

発　行　令和五年三月二十五日
著　者　福本啓介
発行者　姜　琪　東
発行所　株式会社　文學の森
〒一六九-〇〇七五
東京都新宿区高田馬場二-一-二　田島ビル八階
tel 03-5292-9188　fax 03-5292-9199
e-mail　mori@bungak.com
ホームページ　http://www.bungak.com
印刷・製本　有限会社青雲印刷

ISBN978-4-86737-153-4　C0092